讃歌

山本泰子句集

讃歌

目次

讃歌

山本泰子句集

装幀・装画　木幡朋介

春

山の子はまんさくの黄を見逃さず

雪解けて梢に千の光りかな

餅花の嫗の手より生まれいづ

娘婿と言ふ青年や屠蘇の酔

意味知らで幼の読める歌留多かな

初薬師乾く間のなき洗ひ地蔵

怪鳥のごときクレーンや初旭

大旦厚き新聞の置き処

梯子道往きしか会へぬ菫草

旅の宿汁椀に御座すつくしんぼ

母でなく妻でもなく青き踏む

活版機規則正しく春の昼

生きものの臭ひ運びぬ春の雨

出開帳遊具と御座す聖観音

登り来て椿の山と肯ずる

散る桜バザーの品の上にかな

蟹の目のつんつん立てる干潟かな

野遊びや屈んでばかり通草ばかり

蕗味噌を掌にいただいて山の昼

花散るや青いテントにブランコに

落椿水かげろふの岩の上

白馬村側溝を轟と春の水

お向かひの更地となりて蝶の来る

それぞれに影持てる土筆野の午後

春の草濡らしてボートを艇庫まで

掌に淡雪受けてすぐ水に

花筏暗渠をくぐり神田川
囀を背に駆けてゆくランドセル

春蘭や屈みて拝す花の貌

春麗子ら跳ねてゆくチ、ヨ、コ、レ、イ、ト、

雨やめば冠毛空へ翁草

ものの芽の芽生えはなべて赤かりき

搗き残る蓬も見えて草の餅

幼児皆描くチューリップとお母さん

花屑の水面へオールやはらかに

よく鳴いて人笑はせて牛蛙

蕗のたう花に育ちて愛されず
人体のごとく開ける牡丹の芽

まだ丸き足裏にて幼立てる春

ていねいに嫗は掃けり花の屑

教会にフーガの調べ桜散る
花びらの引越先へ運ばるる

酢みそ擂る山独活二本傍に

堂裏に三椏の花群れ咲けり

春爛漫蝶の模様のマスクして
人以外粛粛として春送る

雪解けて植込みに赤いゴムまり
ままごとの卓を豪華に花しどみ

倒れては又乗る自転車春の土

故宮の地しづかにしづかに柳絮舞ふ

梅の香を探して少し後戻る

子規庵まで角かどに梅の花

はくれんの開かんとして歪なる
飛花しきり話の接ぎ穂見失なふ

薄氷を砕きて遣ふ手水かな

透きとほる白子の夢を喰ひにけり

東日本大震災　三句

冴え返る大地震の空へリ低く

眩暈の春ビルに漁船の乗りたれば

被災子の卒業の詞の深きかな

夏

カーテンを大きく揺らし五月来る

お花畑大きく過ぎる雲の影

立葵幼女の歩み果敢なり

花は葉にテレビのアナも新しく

賑ひを離れ二人の遠花火

六月のカフェにボサノヴァのしらべ

浴室に娘の絶叫なめくぢり
枕木の芯まで濡れて梅雨深む

書棚奥時を刻みし香水瓶

日焼けして少年の手足長かりき

あれは雨これはアメンボ水輪かな

揚羽蝶群れて沢の水を吸ふ

山刀伐峠《なたぎり》や蜘蛛の囲に獲物数多なり

スケボーの少女等軽く夏の空

苦瓜を割りてたぢろぐ赤い腹

街録のいづれにも先づ蟬の声

東日本大震災　三句

廃屋に巻きつく浮子や海は夏

ボランティアも吹き出る汗も初心なり

勇み足被災者に笑はれる夏の浜
薄暑光ザリガニ獲りの子等の背に

松蝉の声も混じりて朝読経

仄青く光るもありて梅雨菌

青葉山昆虫少年は帰らず

片陰に水道検針員二人

炎天を戻りてしばし闇の中

猿の家族見送り渡る夏の川

大仏のお顔をつたふ緑雨かな

リスボンの空切り裂いて夏燕

夏草に向かひて浸かるまひるの湯
みはるかすガレ場を白く八月の陽

行き場なく熱風走るアスファルト

山間の田の整ひて半夏生草《はんげしやう》

烏瓜雑木覆ひて花の時

クラス名架かる小さき青田かな

連休の過ぎて微かに椎香る
緑陰のベンチに憩ふ端と端

青鬼灯声掛けらるる浅草線
緑陰にニッカボッカの仮眠せる

良き数の家族の居りて庭花火

教会の庭いちめんの土用干し

木下闇バラバラこぼす大雫

初夏の白足袋桧板を打つ

一人にて向かひ合ふべし沙羅の花

雨上がる手品のやうに風車《かざぐるま》草

青嵐釈迦牟尼仏は仰臥せる

刈り倦きて二人の住まひ青野中

万緑の暗きを進む青梅線

桜ほど騒がれもせず山法師

連なりて尚それぞれや鯉幟

大潮や鱏も入り来る潮溜り

紅少し刷けるが愛し南高梅
憂き事もしばし忘れて梅仕事

夏椿ただひといろの金の蕊
憎みしが炎帝の衰微ややあはれ

マウンドは影につつまれ夏終る

秋

鳴らし方忘れ鬼灯舌の上

手拍子も音たてぬなり風の盆

星月夜ゆらゆら灯り地上にも
切れ切れに風の盆唄下手より

それぞれの場所で黙禱原爆忌

雁渡し常の緑茶を濃く熱く

紫の極みて通草裂け初む
色なき風蓮華升麻をゆうらりと

金木犀雨に散りても芳しき

しばらくは秋刀魚の匂ひ路地に満つ

天高く丸太積まれし武州駅

蟷螂の片足挙げて小半時

秋の旅津軽訛りに囲まれて

芭蕉林まひるの厨灯しをり

芭蕉葉の破れれば伏して身を捨つる

蜩と水の音ばかり白馬村

朝霧の中から庭師と竹箒

ランナーの間に間に見ゆる白木槿

大菩薩落葉松尾根の黄ばみゆく
暫くを渦を描きゐて鳥渡る

朝顔のフェンスを傾れ地でも咲く

土地土地の稲架の姿や美しや

赤い羽根胸に晴れやかアナウンサー

咆哮のアフリカの夜星走る

秋暑し酒田の落暉ゆらゆらと

神社よりどんぐりが好き七五三

溝蕎麦と空は変らず墓終ひ

島あげて黍縛りをり黍嵐

蜩や白神の森昏れ初むる

山ガールに取り着いてゐる藪虱

霧深くギンリョウサウは仄青し
車窓には甍と木槿佐久に入る

仏壇に鬼灯一つ残りをり

境川の榠樝の実二つ本棚に

韓紅《からくれなゐ》抱きて落つる花木槿

一、二本咲くこそ良けれ彼岸花

秋の蚊や恐るるなかれ声ばかり

台風の南の島の匂ひする

洗ひ場にやさしい日影芭蕉の葉

急行の過ぎれば彼岸花毀れ

道端で一日吹かれ猫じやらし
六分の一でも余る夕顔の実

草の花目の端に見て岩登る
変態を遂げし蜻蛉に籠狭し

担ぎ手に碧眼もをり秋祭り

黍畑原色のサリー働ける

昇天の蜉蝣と入る露天風呂

冬

からつ風ビルの覆ひの中走る

おでん鍋少女は泣いたり笑つたり

鴨飛来隅に黙せりスワンボート

寒稽古懸垂膜のハタハタと

居酒屋の呼び込み足踏む雪催

遠く遠く寒雁の声旅枕

息白し少年は今日もすべり込み

雪煙の中鉄塔は兵のごと

ことごとく踏まれてありし霜柱

短日の八百屋明るく賑ひぬ

茶の花や先祖の墓も地続きに

硝子窓隔てて存問冬の蜂

緞帳の裏に墨痕火の用心

暁の白鳥交はす息白し

山麓の湯にもてなしの冬林檎

午前様冬至南瓜を食うてをり

寒の水豆腐屋の手の大きこと

ひこばえの今盛りなり冬紅葉

ドア閉める度に傾く古暦

幼顔探す邂逅小六月

ゲート開けば公園の枯葉走り出づ

初時雨神田川の歌碑濡らし過ぐ

着ぶくれて五島へフェリーの人となる

シスターと毛布分け合ふ連絡船

数へ日の新聞薄くなりゆける

禰宜巫女は正装勤労感謝の日

酉の市闇夜に浮かぶお多福面
占ひの灯りもありて歳の暮

堅き土割りて施す寒肥やし

行きずりの人と見上げる雪催

七草粥昼までもたぬ伸び盛り

小火なれど連なり揃ふ消防車

冬ぬくし祭礼の鍋に供せらる

宅配の青年口遊むクリスマスイブ

熊手市他人の手締めに乗つかつて

冬日影調律音の小半日

小春日や曳舟に鼠逃げもせず

路地裏を低空飛行寒鴉

自販機に坐りのわろき大根かな

夜の帳下りて酉の市となる

ロードワーク右拳左拳と白息と

鍋の中砂吐く真夜の寒蜆

寒雀お宿は電柱変圧器

釣り糸の小春日和にふくらめる

朝刊を取りて仰げば冴ゆる月
冷えし夜具温める力いとほしく

雪に埋まる吾が食ぶる米の生産地
日を浴びて布団押し入れに収まらず

白菜漬水の匂ひを嚙みしめる

跋

我等が故郷地球を丸ごと外観した映像を見たのは一九六九年の事だった。アメリカの月面探査機アポロ十一号が月面着陸に成功し、人類が一歩を記した映像と共に「地球の出」というタイトルで世界に配信された。

その後のボイジャー無人探査機による太陽系の研究等により、地球がハビタブルゾーンにある事、また宇宙飛行士達の発言等により、「大気圏外は死の世界、大気圏内は生の世界」とか、「大気圏の薄さに驚いた」等々。地球という惑星観が明解に形づくられていった。同時に、いつの頃からか脳の隅に住みついていた──何故此処に居るのか──という問もあっさり解決した。

暗黒の闇に、水を緑を擁し、数多の生物（おそらくは出自を一つとし、生死をくりかえしている）を抱えて自転公転している地球は奇蹟としか言いようがない。

以来、奇蹟の欠片と思われる事象を十七音にまとめてきた。

しかし、気づけば死が近くに迫ってきている。尻を叩いて漸く第一句集にまとめる事ができた。句集名は、地球の有り様を讃え「讃歌」とした。

突拍子もない私の申し出をあたたかく受け止めてご尽力下さった紅書房の菊池様、装幀下さった木幡様に心から感謝申し上げる。

二〇二三年六月

著　者

著者略歴

山本泰子（やまもと やすこ）

1942年　栃木県に生まれる

2004年　「貂の会」に入会

　　　　川崎展宏先生、星野恒彦先生に師事

2022年　「貂の会」退会

俳人協会会員

句集　讃歌　奥附
著者　山本泰子＊発行日二〇二三年九月二十一日初版
発行者　菊池洋子＊印刷所　明和印刷＊製本所　新里製本
発行所　〒170-0013　東京都豊島区東池袋五-五二-四-三〇三
紅（べに）書房　info@beni-shobo.com　https://beni-shobo.com
電話　〇三（三九八三）三八四八
FAX　〇三（三九八三）五〇〇四
振替　〇〇一二〇-三-三五九八五
落丁・乱丁はお取換します
ISBN978-4-89381-365-7